베두인의 물방울

베두인의 물방울

시인수첩 시인선 050

우대식 시집

오랫동안 신(神)에 대해 생각했다

당신에 대해 생각했다

이제 육신으로 빚을 갚았으니

남은 생은

땅 위에서 살겠다

진창에서 살겠다

2021년 8월

우대식

|차 례|

2부

3부

4부

1부

시(詩)

음악 아닌 것으로 음악 하기

나인 것을 나 아닌 척하기

가을날 듣는 만가(輓歌)

겨울날 곁불을 옆에 두고 옹송거리며 마시는 낮술

사람은 거리를 두고 그림자 사랑하기

집 떠난 모든 이들의 이름을 불러보기

그리워하다가 다시는 생각하지 않기

집 떠난 모든 이들의 이름을 다시 불러보기

악다구니로 떼쓰며 울다가 아무 보는 이 없을 때는

슬그머니 일어나 옷 털기

꾀죄죄한 민낯으로 설산(雪山)에 대적하기

눈이 멀어도 먼 것을 모르고 형형색색 달콤하게 이야기하기

신을 실컷 조롱하다가 그 발아래 한없이 통곡하기

영원한 것이 있나요

이런 물음으로 모든 것을 탕진한 나그네처럼

우물가에 오래 앉아 있기

아주 오래도록 허공을 응시하다가 저 푸른 한 점으로

쑥 들어가기

꽃의 북쪽

개구리도 겨울잠에 들고
싸락눈이 내리는 밤
마쓰오 바쇼,
이런 날은 늘 바람이 창호 문을 두드렸지
화로에 술을 데우도록 하지
낡은 신발은 방 안 머리맡에 놓아두도록 하지
왜 마음이란
천리만리 달아나는 것인지
조금은 뜨거운 술을 천천히 내장에 붓고
매화나 동백 같은 꽃을 기다리기로 하지
아니면
꽃의 북쪽으로 달아날까
신음처럼 그대가 내게 물을 때
절망의 심줄을 활시위처럼 당겨
심장 가장 먼 뒤쪽으로 모든 생각을 모으곤 하지
마쓰오 바쇼,
조금 추워도 되겠지
유여한 봄빛이 마루 구석 쌀통에 넘칠 즈음이면

안개와 연기는 강줄기를 따라 무진무진 흐르겠지
그대와 나도
이쯤에서 안녕이지
연기를 좋아하는 나와 안개를 좋아하는 당신
바람이 올 때까지만 지상에 기대기로 하지
이쯤에서 안녕이지

정선을 떠나며

파울 첼란의 시에 이런 구절이 있었던가
아름다운 시절은 흩어져 여자의 등에 반짝인다고
시선을 거둔다
운명이란 최종의 것
정선 강가에 밤이 오면
밤하늘에 뜨는 별
나에게 당신은 그러하다
성탄절의 새벽길
눈이 쌓이기 시작하면 기찻길 옆 제재소에서는
낮은 촉수의 등이 켜지고
이미 오래전에 예언한 미래가 사라지는 것들을 받아내
고 있다
선명한 모든 것들을 배반하며
산기슭으로 흐르는 눈발 속에서
당신의 얼굴을 그리는 일은 또 언제나 부질없다
가끔 당신을 생각한다
생각하며 밥을 먹는다
조금씩 아주 조금씩 밥을 남긴다

이것이 나의 마지막 사랑이다

정선 아라리, 당신

마음의 회랑 안쪽에
긴 휘장을 친다
다시 비가 내리고 또 눈이 내린다
그 휘장 아래를 걸으면
밑도 없는 물길, 끝도 없는 산길이 나타나고
사라지고
내 슬픔이 무엔가 생각할 즈음
당신에 대해 생각한다
왜 그렇게 천천히
굽이굽이 적막강산에 서 있는가
비는 여전히 내리고
긴 휘장 아래 앉아 한 마리 짐승처럼
온몸을 웅크린 채
소금 사러 가던 먼 길과
석탄으로 몸을 씻던 내[川]와
그런 길과 그런 내에서
당신을 기다리던
배가 고팠던 저녁

당신,

유배(流配)

오늘날에도 유배라는 것이 있어
어느 먼 섬에 위리안치(圍籬安置)되는 형벌을 받았으면
좋겠네
컴퓨터도 없고 핸드폰도 빼앗겨
누구에겐가 온 편지를 읽고 또 읽고
지난 신문 한 쪼가리도 아껴 읽으며
탱자나무 울타리 속에 웅크리고 앉아 먼바다의 불빛
을 오래 바라보고 싶네
마른반찬을 보내 달라고 집에 편지를 쓰고
살뜰한 마음으로 아이들의 교육을 걱정하며
기약 없는 사랑에 대해 논(論)을 쓰겠네
서슬 위에 발을 대고 살면서
이 먼 위리와 안치에 대해 슬픈 변명을 쓰겠네
마음을 주저앉히고
서로 다른 신념을 지켜보는 갸륵함을 염원하다 보면
염전의 새벽에 어둑한 불이 들어오겠네
바닷가의 수척한 노동과 버려진 자의 곤고함을 배우다
문득 얼굴에 새겨진 주홍글씨를 물속에서 발견하면

삼박 사일을 목 놓아 울겠네

며칠 말미를 낸 그대가 온다면

밥을 끓이고 대나무 낚시를 하며 서로의 글을 핥고 빨
겠네

글이란 무섭고도 간절하여 가시나무를 뚫고

천둥처럼 울릴 것이라 믿고

그대의 글을 읽다가

온통 피로 멍울진 내 혓바닥을 보겠네

유배의 길에 떨어져 흩어진 몸을 살뜰히 아껴보겠네

백 년 만의 사랑

백 년 전 나는
긴 난전의 뒷골목에 앉아 있었다
점점이 어두워지는
거리에 등불이 켜지면
사람들의 긴 그림자가 내게로 왔다
젖은 채 다가오는
사람들
호리병 같은 젖가슴을 가만히 내밀었다
지그시 입술을 대면
저 멀리 골목 끝에서 날려 오는 벚꽃잎들
온통 꽃잎이 깔린 뒷골목에서 등불을 들고
걸어가는 반백의 사내가 있었다
이제 어둠의 잔을 채우고
꿈같이 지나온 날들을 생각하노니
시여 백 년 만의 시여
이제 내게 검이 아닌
하나의 사랑을 다오
차마 만질 수 없어 바라보다 울고 떠날

한 송이 꽃을 다오
백 년 만의 사랑이 또다시 뒷골목을 헤매도록
그대로 놓아다오

일생

내 안에는 쇠가 들어 있다. 쇠로 된 그 무엇이 무엇인가를 찾아온 것이 내게는 일종의 삶이었다. 오랫동안 단단한 눈물인 줄 알고 살았다. 살아오면서 울지 않은 이유는 그 눈물이 금강(金剛)처럼 우뚝한 것이기를 바랐기 때문이었다. 그러나 남몰래 꺼내 본 그것은 언제나 젖어 있었으며 바람에 휘날리는 말갈기처럼 편편이 고르지도 못했다. 한동안 먼 별에서 찾아온 운석이 내 불우의 상처에 풀무질 되어 저열하면서도 황홀한 보석으로 바뀐 것으로 생각했다. 허무라는 그 보석을 보자기에 싸 들고 골목길을 헤매며 쓸쓸한 행상도 했던 것이다. 내 안에 쇠가 있다. 밤바람이 전해오는 소리에 온몸을 으스스 떨기도 한다. 가끔 쇠가 서로 버성기며 내는 소리를 듣는다. 꽃인가, 꽃이었으면, 꽃이 떨어지는 소리였으면, 그나마 쇠로 된 꽃이 뚝 떨어져 내 안의 여울을 따라 흘러가는 소리였으면, 좋겠다고 생각하는 6월의 맑은 아침이다. 자명한 침몰, 몸은 언제나 무게가 나간다.

내 안의 겨울 삼동(三冬)을 찾아서

　내 안에도 삼동(三冬)이 있어 펑펑 눈이 쏟아지는 진부 골짜기에서 다시 나를 만났을 때 붉게 언 손도 못 내민 채 쓸쓸히 쳐다보기만 하였다. 겨울을 찾아 헤매던 어느 여름날 나는 임계 장터의 각다귀이거나 봉평 냇가 여울목 쏘가리이기도 하였다. 차디찬 겨울은 눈 속에 묻혀 보이지 않았고 아무르강까지 찾아간 발걸음은 허탕이었다. 하루 종일 멱에 지친 등짝 까만 아이처럼 아무것도 모르는 나의 무지는 병이 되었다. 모든 것을 잊어버렸을 즈음 허파 속에서 강력한 눈보라가 일어나 허름한 방에 나를 눕혔다. 가물거리는 백열등 아래 차디찬 방바닥에 몸을 묻으면 하나의 환영(幻影)이 다가오다 사라지곤 하였다. 내 안의 겨울, 삼동(三冬)은 반갑지도 슬프지도 않은 사내의 형상으로 진부 골짜기 허름한 방에 불쑥 들어와 한참을 바라보다 눈보라와 함께 사라졌다. 이미 멀리 겨울까지 도달한 내 몸을 느낄 수 있었다. 봄으로 가는 모든 회로를 끊은 채 하늘 높이 눈이 쌓여가는 삼동(三冬) 아래 잠들 것이다.

뿔을 잃다

마로니에는
내 죽은 여자(女子)와 테네시 윌리암을 보던
마로니에는
일각수(一角獸)가 웃으며 지나가고
서로 기다리다가
죽음에 도착한 사람들
마로니에는
사람들 모두 지워지고
나무 아래 당신과
나무 밖의 나와
연민의 눈빛을 지닌 일각수가 살던
마로니에는
단단한 뿔을 만지면서도 따뜻했던
혜화동의 겨울
먼 나라 마로니에는
나무 아래 입술이 부르튼 당신과
나무 밖 당신의 발가락을 핥던 나와
뿔을 부끄러워하는 일각수가 살던 마로니에는

발광의 주파수

　단원의 그림 모구양자도(母狗養子圖)를 보다가 눈이 흐
려졌다. 어미와 강아지의 눈. 이 그림은 다 지우고 세 개
의 눈만 남겨놓아도 좋으리. 어미의 눈은 파철지광(破鐵
之光)의 그것이었다. 사람들은 자꾸 인자한 눈빛이라 하
는데 내 눈에는 미친 듯한 나선형의 발광으로 보였다. 어
린 새끼의 눈이 순진무구라는 것은 동의하겠다. 그러나
어린 새끼를 향한 당당한 미침, 뻗침, 어떤 도발이 어미
의 눈동자에 돌고 있었다. 오로지 하나의 생명만을 향
한 인자함이 낭자하게 고여 있었다. 생명이 간혹 잔인하
도록 모진 이유도 이 눈빛 언저리 어딘가에 있을 것이다.
발광의 주파수가 희미해질 때 우리는 고아가 된다.

윤리학

시는 윤리를 가르쳐 주었다. 시는 용기를 가르쳐 주었다. 시는 약간의 밥과 술을 주었다. 시는 죽음의 심연으로 가는 길을 열어주었다. 시는 끝없이 뻥을 쳐야 하는 이유를 알려주었다. 시는 여자란 죄악이 아니며 교회가 아니라는 것을 알려주었다. 내가 시에게 준 것이라고는 이런 쓸쓸한 고백과 같은 것이었다. 나는 당신의 수형자, 어느 날은 깨진 사금파리를 입에 물고 당신의 혀에 깊숙이 키스하고 싶은, 배반한 애인의 복수 같은, 교도관을 죽이고 교도소의 주인이 되는, 모든 것을 되갚아주고 싶은, 남김없이……

장진주(將進酒)

　우리는 지옥을 모른다. 지옥이란 상심한 마음의 조각을 다시 하얗게 저며 팔만대장경처럼 펼쳐 맑은 햇살 아래 널어놓는 것. 염장(鹽藏)의 마음 조각들은 햇살에 뒤틀려 편편이 쓰리게 아파 아무 소리도 지를 수 없는 고통. 몸이 마음이니, 꿈이었느니 악다구니를 치다가 소금기를 뒤집어쓴 채 말라가는 마음의 조각들을 다시 마음으로 맞추는 일. 우리는 지옥을 모른다. 우리는 우리가 한 일을 모른다. 피안의 저 강 아래 어느 마을에서 그대와 내가 염장한 서로의 마음을 치켜들고 쓰린 웃음을 나누며 연민의 손을 흔든다고 생각하면 이곳에서 어찌 술 한 잔 나누지 않겠는가. 그대의 빚을 내가 어찌 갚지 않겠는가. 우리는 이제 멀리 왔다. 당신에게 술 한 잔을 권하는 내 손이 떨리고 있다.

이순(耳順)

이제 묵념 따위가 매우 잘된다
어떤 형식도 괜찮다
벌써 귀가 순해지는지 부끄럽기도 하지만
하나님이나 부처님 이런 분들도 크게 나무랄 것 같지
는 않다
내친김에 봄날 꽃나무와도 한번 크게 겨루어보고 싶다
몇 합 겨루지 못하고
낙화의 황홀에 굴복할지라도
내 안에 뻗은 칼로 된 나뭇가지와 꽃잎도
쨍그렁쨍그렁
낙화의 종년(終年)을 맞고 싶다
봄비에 붉은 녹물을 뚝뚝 흘리며 울고 있는
내 안의 꽃들이여
순백의 어느 한 날을
우리도 그리워하지 않았겠는가
귀가 순해진다
귀를 잘라내고 싶다

도망

고야는 어디서 죽었는가 비가 오는 평택 진위면 쓸쓸한 농가에서 그림 그리던 고야를 생각하면 하염없이 부끄럽다. 고야는 소리와 싸웠고 악령과 싸웠다. 그는 미쳤고 그는 살았다. 나는 미치지 않기 위해 죽은 체한다. 잠은 못된 선생처럼 나를 가르친다. 아침에 눈 뜬 나의 자세는 도망자의 그것이다. 모로 누워 두 손을 꼭 쥐고 한 발은 내딛고 한 발은 구부리고, 고야는 싸우러 나갔고 나는 도망치러 나온 것이다. 언제쯤 악령과 싸울 수 있나 도망 없는 삶은 없나 환락은 덧없이 벽으로 흘러내려 저 검은 영혼 니힐리스트 니힐리스트 도망 없는 삶은 없나.

묘비명에 대한 답신

칸트의 길을 걷는다

오후 3시 30분 정확한 시간에 느릅나무 아래를 지나

문이 닫힌 카페 앞 노천에서 담배를 피워 문다

아직 지팡이를 쥘 나이는 아니다

바쁜 사람들이 지나가지만 나는 그들을 보고 있지 않다

생각과 싸우는 사람

지금까지 모든 생각을 불태울 수 없을까

신의 증명이라는 정거장 앞에서 오랫동안 머물렀다

아닌 척했지만 늘 사소한 불안함에 모든 것을 망치곤

하였다

칸트의 묘비명은 맑고도 슬프다

그가 경이롭게 생각했던 것은 별과 도덕 법칙이었겠지만

나를 채찍질한 것은 그 앞의 전제일 뿐이다

"생각하면 생각할수록"

어떤 고독 같은 것으로 인해

설명할 수 없는 괴로움과 달콤함에 취해 살아왔지만

생각하면 할수록 무언가 어긋났다는 내용의 편지를 쓸

수밖에 없다

칸트에게 저녁밥은 없었다

그가 어떤 주의자였다는 것은 상관없다

저녁밥이 없다는 것은 무한한 공허 혹은 열림이 아니었을까

그가 별을 그토록 경이롭게 바라보았던 것도

저녁을 먹지 않았기 때문일 것이다

저녁이라고 말할 때 이녁 너머 피안이 떠오른다

생명으로의 집착이 칸트로 하여금 저녁을 피하게 했는지도 모른다

살고 싶다

생각이 너덜너덜해진 인간으로

괜히 눈물이 난다

"생각하면 생각할수록"

2부

묘족 마을에서

봉황성 이른 아침
묘족(苗族) 나 어린 계집아이가 객잔 앞에서
국수를 먹는다
조그마한 왼손이 국수 그릇을 바치고 있다
그릇에 입을 대고 국수를 떠 넣을 때
왼손에 가늘고 파아란 힘줄이 돋아났다
밥그릇을 쥔 저 어린 손이
세상에서 가장 아름다운 여자를 만든다

허무의 주루(酒樓)

봉황성
주루 난간에 자리를 잡고 한여름을 보낸다
휘황한 밤의 색(色)
연암이 살았더라면
술과 참외를 시키고
속된 말과 어진 말로 한참을 기웃거렸을 것이다
먼 곳으로부터 흘러오는 강물은 하염없고
수제 팔찌를 파는 늘씬한 젊은 여자의 눈은 반짝인다
바닥에 흥건한 물을 디디면
지나간 것과 여기 있는 것들이 서로 부딪힌다
맥주를 한 모금 입에 물고 오랫동안 굴려본다
허무의 빛깔이 이토록 화려하다는 것
어떤 목적도 없이 살아왔다는 부끄러움을 그대로
안고 가련다
이방의 주루 난간에서
양꼬치 한 접시와 맥주 세 병을 앞에 놓고
한 인생의 머지않은 미래와
뭇사람들이 남겨놓은 화려한 문양과 그때도 흘렀을

강물을 생각해보는 것이다

태백행

태백으로 돌아가야겠다
높고 우뚝하지만 늘 그림자가 진 곳
사람의 마을에서 소리를 지르면
쿵쿵 눈이 대답하는 곳
산골 마을에서 도깨비 같은 할머니가 동지 팥죽을 쑤
다가
귀신을 만나 빗자루를 두들겨 패는 곳
검은 아리랑이 절벽으로 흘러내려
물이 산을 넘고 산이 물을 건너는
태백으로 가야겠다
낮은 지붕을 맞대고 천변으로 철주를 잇대어
밥도 팔고 술도 파는 곳
겨울에는
한낮에도 해가 떨어져 아궁이에 불을 지피며
하루를 살았다고 손을 터는 곳
높고 높으신 것은 하염없이 낮아
누구도 깨닫지 못하고
다만 겨우 발을 딛고 사는 곳

드르륵 문을 열고 들어가 멸치국수 한 그릇을 먹고 싶
다

나는 너무 더러워졌다

가을 소리 내력

송귀뚜라미 조두루마기* 같은 명창들의 소리 내력을
따라

임계 장터 개울을 건너니

가을이

히죽히죽 웃으며 서 있다

빛나는 햇살이 친구냐 물으니 그저 말없이

얼쑤 추임을 낼 뿐

구부구부 돌아갈 많은 것들이 산모퉁이 섰다

단봇짐 하나씩 들고

가을의 눈치를 보고 있다

비가 내리면 가을비 사랑이 끝나면 가을 사랑

수리성이 위태롭게 끊일 듯 이어지고 있다

귀뚜라미는 죽은 이의 석상에 앉아 고개를 흔들며

색이 바랜 흰 두루마기 옷깃에 떨어지는 눈물

노래도 가객도 가을도 그 낮달도

팔십 리 산길에서

모두 머리 숙여 길 떠난다

* 조선 후기 가객들의 별칭.

잃어버린 날개를 찾아서

　나는 실비집이 좋다. 저래서 남을까 싶은 생각을 하다가도 실비집 참 좋다. 친구들을 불러 모으고 내장 무침부터 생선탕까지 아낌없이 때려먹다가 생각한다. 나의 날개는 어디로 갔는가? 이 집은 잃어버린 날개를 추억하는 곳인가? 비가 주르륵 창문에 흘러내린다. 한참을 바라본다. 내 꿈은 페르시아의 궁전으로 가는 것이다. 음악과 신과 여자, 날개를 잃어버린 나는 어느 마을 처마에서 비를 긋나. 실비집에서 영화의 엔딩 자막 같은 실루엣으로 서성거리다가 실낙원의 한 마을에 한쪽 날개가 있다는 소식을 가끔 인편에 듣곤 한다. 실비집에서 낙타 두 마리를 세(貰) 내어 날개를 찾아 거리를 나선다. 아직 미명이다.

어린 순례자

원주 어느 고등학교 밴드부였던 어린 외삼촌은 옥상에서 허벅지를 터지게 맞고 집으로 돌아와 하모니카를 불었다. 멀고 먼 앨라배마 나의 고향은 그곳. 그러면 더 어린 나는 한낮의 쓸쓸함을 앓곤 하였다. 외삼촌은 자전거 앞에 앉고 나는 뒤에 앉아 어린 낚시꾼이 되어 낚시터로 줄달음질치기도 하였다. 쨍쨍한 여름 햇살 아래 어린 낚시꾼 둘은 붙어 앉아 흔들리는 수면을 바라보며 밴조를 메고 떠나는 앨라배마를 하염없이 그리워했다. 삼촌 앨라배마가 어디야. 응 멀어. 자전거를 타고 갈 수 있는 앨라배마는 없나. 해가 질 무렵 자전거를 끌고 기찻길 옆으로 걸어가면서 서로의 등짝에 찍힌 선연한 주홍빛 놀을 보며 놀라곤 하였다. 엄마가 없던 나를 외삼촌은 토닥였던 것 같고 아버지가 없던 그를 나는 불쌍하게 생각했던 것 같다. 오 수재너여 노래 부르자. 하늘 높이 떠 있던 기찻길을 쳐다보며 어린 순례자의 날이 저물던 앨라배마로 가는 먼 길.

아나키스트의 고백

내 안에 '살고' 있는
어떤 아나키한 개의 기억
― 후지와라 신야

세상에 믿을 것은 그 어디에도 없다
조금씩 무언가에 위안을 주며
더러 위안을 받으며 살아갈 뿐,
그러므로 어떤 교훈도 그리 유용치 못하다
가장 똑똑하게 목도하는 진실은 지금
살아있다는 것
죽어갈 것이라는 사실
모든 생명 안에는 야차가 있다
'나'라는 곳으로 지독하게 '나'를 몰고 가다가
어느 순간 지상에 툭 내팽개친다
'아나키'란 어떻게 해석해도 좋다
뚝 떨어진 존재,
'아나키'란 묻혀간다는 점에서
죽음에 가깝다
뚝 떨어져 묻혀가는
하나의 슬로모션

끝까지 슬로모션
종점을 향해

며칠

청령포 부근 마을
작은 방을 빌려 한 며칠,
죽은 왕은 눈 속에도 자꾸 물을 건너고
어쩔 수 없다
꿈에서 꿈으로 며칠
배가 고플 즈음 강가에 서면
감발을 치고 길을 나서는 사내들
눈이 매섭다
쉬이이 귀때기를 치고 가는 바람
눈은 며칠 멈추지 않으리
다시 걸어 강줄기를 거슬러 올라갈 때
칼같이 선 바위 꼭대기에서
우르르 눈이 몰려 내려온다
나라는 무엇입니까
사랑은 무엇입니까
어린 왕은 집으로 돌아가지 못하고
장에 가는 아낙들의 뒤를 따른다
그 며칠,

얼음장 아래 물소리는 소리 죽인 천둥소리가 되고
어두운 하늘을 날아가며
점점이 우는 겨울새
그,
겨울날의 며칠

마지막 명

연산이여

왕 된 자의 노릇이여

사랑 앞에 죽음이 와 있다

강아지여 찢겨진 육신으로 세상의 미친개를 물어뜯다

어미 개 곁으로 돌아간 연산이여

행복이나 불행, 삶과 죽음, 높고 낮은 것

아무런 의미도 없다

풀숲을 앞서 걷던 강아지가 어미 개를 돌아볼 때의 그

눈빛

강아지 연산이여

왕 노릇은 무엇이며 사랑은 얼마나 높은 것이냐

피는 지울 수 없는 상처를 남기는 것이냐

혼이 우는 소리

대숲이 한밤내 우는 소리

어미 개가 부르는 소리

수의를 입은 연산이 경복궁을 나와 바다를 향해 걸어
간다

붉은 꽃이 아스팔트 위에 피었다

빌딩 대형 스크린에 그의 뒷모습

이를테면 수의를 입고 걸어가는 엄청난 크기의 강아지
그림자가 떠오르고 있다

아무 일도 없었다 하지 마라 왕의 마지막 명이다

봄날은 간다

허무의 절창
봄날은 간다
그렇게 사라져야지
꽃잎이 물에 떠서 사라지듯
알뜰한 당신이나 생각하며 삼월의 날들을 살아야지
온통 사랑이라 말하지만
온통 죽음인 한 철을 살아야지
봄날 풀린 물가에서
물오른 강아지풀이나 꺾어 입에 물고
육신도 되고 마음도 되는 가슴이라는 말이나 생각해
야지
그러다 낯설고 또 낯설어하며 부끄러워해야지
바람이 불어 그 부끄러움도 다하면
봄날, 살아야지
먼 동방의 나라에서 다시 눈이 쏟아져 내릴 때까지
사랑이라는 그 질긴 인육에 머리를 처박고
당신의 피와 살을 핥아야지
지루하고 먼 나라,

봄날은 간다

아내와 맨발

신(神)께서 말씀하셨다

끼니 거르지 말라고

술 적당히 마시라고

지갑에 돈 없으면 추레하니 얼마라도 지니고 다니라고

그러던 신(神)께서 아파 누웠다

이마에 돋은 정맥이 파르르 떤다

신(神)께 잘못했다고 수천 번을 빌었지만

신(神)께서는 이미 알고 계셨다

당신께서 자리를 털고 일어나면

　저 탕아는 또다시 고모라 성(城)을 헤맬 것이라는 사실

을

신(神)이 누워계신 한 계절

나는 발꿈치를 들고

주막에서 주막으로 돌아다녔으나

신(神)께서는 끝내 모른 채

누워계셨다

어찌 모르셨겠는가

다만

냉담(冷淡)으로 떠도는 한 인간을 가엾게 여겨
그렇게 다독인다는 사실을 나도 알고 있었다
그러나
섬광처럼 당신이 사라질 때
긴 회랑에서
집도 잃고 신(神)도 잃은
한 사내의 맨발이 남긴
더럽고 황망한 발자국을 당신은 만날 것이다
중요한 것을 잃은 자들은
모두 맨발이다

봄 편지에 대한 답신

새벽꿈에 얼굴을 보았습니다
봄이라 하면 촌스럽고
꽃이라 하면 간드러져
봄 인사는 접겠습니다
그래도 핏속에 도는 꽃의 붉은 꿈은 어쩔 수 없습니다
별일은 없겠지요

땅을 딛고 사는 사람이니 그럭저럭하오
여러 일을 접고 침잠하오

오래 고생했으니 매화 아래 풍류나 즐기며 지내시지요

풍류는 두고 늙어가니 그저 살아가겠소
거기두 그리 살아가시오

그리하지요
풍상(風霜)을 등에 지고 차마 춥다 말하면 꽃도 한순
간 사라지겠지요

어떤 숨결이 있었다 말하면 남루의 기억이 되고 말겠
지요

밤이 깊었소
오늘 비천의 눈발 속에서 십 리두 걷고 이십 리두 걸었
소만
생각은 여전히 이곳에서 멀지 않은 자작나무 아래 쌓
일 뿐이오

봄이라 하면
꽃이란 하면
이만 총총

누씨(樓氏)여자고보 생각

소설가의 이력을 보다가 원산 누씨여자고보 졸업이란 부분에 오래 눈이 머물렀다. 누씨라는 분이 학교를 세우고 운영했나 보다 생각했다. 저 험한 시절 자신의 성(姓)을 걸고 학교를 세우다니 그냥 고맙다는 생각이 들었다. 원산의 아름다운 바닷가가 보였을 것이다. 딸이 있다면 그런 학교에 입학시키고 싶다. 그곳에서 풍금을 치는 딸아이의 모습을 보고 싶다. 그저 생각만 하는 것이다. 소설가 이선희 1911년 함남 함흥 생. 1946년 월북. 함흥이면 소설가 한설야의 고향이다. 이렇듯 어디든 넘어가야 하는 시절이 있었다. 이념이 공간을 만들고 칠흑의 어둠 속을 넘나들던 그때. 원산 누씨여자고보를 졸업한 소설가 이선희는 원산 바다가 그리워 고향으로 돌아갔지만 그이의 소설은 이념의 말뚝을 조금씩 흔들고 있다. 누씨는 어느 먼 요동의 후손이었을까. 나는 저런 미친 생각을 해보는 것이다. 누씨여자고보 한 번도 보지 못한 학교가 그리워진다. 북방의 싱싱한 냄새가 난다.

목숨

장마 빗소리
또 물소리
천둥소리 장하다

막걸리 한 통
노가리 몇 마리도 장하다

니힐리스트의 꿈은 젖는다
젖은 채로 흘러간다

거센 물살의 중심으로 들어가
가부좌를 튼다
내장에 돋은 비늘이 날을 세운다

나는 나에게 언제나 고통이다

소풍

그해 겨울,
먼 나라의 밤처럼 눈은 내렸고
술을 마시고 읍내 택시 정류장 앞에 서 있다가
동네 목사님 차를 얻어 타고
집으로 돌아올 때
눈은 어디서 오지요
사람은 무엇으로 삽니까
시골 교회 마루에서 밤낮으로 기도하는 목사님께
쓸데없는 질문을 던졌던 것이다
드문드문 박힌 읍내 마을 불빛을 보며
피안의 강가를 서성일 아버지도 생각해보았다
이런 밤에 떠나는 소풍
긴 타이즈에 반바지를 입고 모자를 쓰고 옆구리에 물
통을 매고
눈은 어디서 오는지
사람은 무엇으로 사는지
숙제를 받아 여행을 떠났던 것이다

3부

가을비

가을비는
가을비는
떨어진 갈참나무 잎에 내리고
붉은 단풍나무는 차갑게 울고 있네
어디로 가나
가을,
어디에도 깃들 수 없는 새,
가릉빈가의 노래를 듣는다
잔기침 소리 간간이 들리는
빗속에서
아주 먼 당신은
이 가을에서 다시 먼 가을로
빗속을 헤매는도다

가을비의 그대들

가을비에 하루를 탕진하고 막걸리 잔을 든다
신성한 밤이다
아무도 오지 않는 밤이다
부풀어 오른 허무의 알갱이들이
빗속을 둥둥 떠다닌다
젖은 발을 부비며
떠돌던 골목 술집들을 떠올린다
가을비 내리던 밤은 다 어디로 갔나
백열등 아래 김이 오르던 주막에서 키득대던
가을날의 그대들은 어디로 갔나
가을비여
젖은 책장을 넘긴다
젖은 그대를 넘긴다

잔상(殘像)

비가 온다. 호박잎에 무수히 떨어지는 빗줄기, 유키 구라모토의 음악을 듣는다. 내 안에서 이런 소리가 들린다. 이만하면 되지 않았는가? 한 세월의 풍경을 이렇게 그려도 되지 않겠는가? 먼 들판을 바라본다. 어떤 망설임 앞에 선 낙수(落水)처럼, 망설임이라는 말 앞에 잠시 정차한다. 제천역이든가 우동 한 그릇을 비우고 뛰어올라야 하는 중앙선의 정차 시간 정도. 다시 비가 내리기 시작한다. 오래된 우물가에 기차 소리의 잔향이 남아 있을 뿐이다. 어쩌면 우리 모두 그런 힘으로 사는 것일지도 모른다. 누군가 남겨놓은 잔상. 누더기 옷을 입고도 더러 뽐을 냈으니 이제 그만할 때도 되지 않았는가? 한겨울 새벽 화엄사 절집 앞에서 떠돌던 날도 있었다. 이마를 쓸고 가던 한 줄기 바람 때문에 내 인생을 송두리째 다른 무엇으로 거래하려던 날들. 호박잎은 둥글고 넓다. 온전히 비를 맞고 흔들리고 있다. 그 흔들림이 좋다.

산역(山役) 4

초여름 내리는 비는
여전히 차갑고
초여름 내리는 빗속에 마시는 술은
여전히 맑고
개울물은 조금씩 불어
장화 발목을 넘고
목수건에 물은 듣고
밥그릇에 내리는 빗물,
황토 엉킨 장화를 벗고
공손히 술과 밥을 받고
스윽 허공에 젖은 수건을 문지르면
환한 얼굴이 몇,
보이다 다시 사라진다

생각의 생각

천 마리 새 울음소리 들으며 출근길에 나섰다가 다시 천 마리 새 울음소리 들으며 퇴근을 한다. 어떻게 천 마리가 함께 울 수 있을까 생각하다가 울음은 아니겠다는 생각을 한다. 만약 울음이라면 이런 상갓집도 없겠다 생각하다가 세 그루 목련나무 앞에서 애도의 정이라도 올려야 하나 생각을 해보는 것이다. 집 앞 뜨락이 언제나 울음소리로 넘쳐나도 아무도 슬퍼하지 않는 것은 어쩌면 내 일상의 모든 지껄임도 울음소리로 들릴지도 모르겠다는 생각을 해보는 것이다. 매일 새들이 모여 우는 나무 아래서 모든 사물은 왜 우는지에 대한 생각을 생각해보는 것이다. 사유에도 아집(我執)이 있다는 생각이 드는 저녁 여전히 새들은 울고 있다.

탁(託), 제이월당기(第二月堂記)

4월은 온통 바람, 당신에게 바람의 편지를 보냅니다. 옛사람들은 방을 들이거나 움막을 지어도 기(記)를 썼습니다. 글 잘하는 벗에게 비를 맞고 총총히 달려가 집의 내력을 구했던 것입니다. 당신에게 기(記)를 부탁드립니다. 이 편지가 당신에게 닿을 즈음, 저는 제이월당(第二月堂)이라는 한 칸 반짜리 누각을 제 마음의 물가에 드리울 것입니다. 이월(二月)에서 삼월(三月)로 가는 길은 있는지, 동지(冬至)에서 이월(二月)은 얼마나 먼 길인지, 사월(四月)의 황홀함에 대해서도 써주시기를 바랍니다. 도대체 이 완강함과 대책 없음이 어디에서 오는지도 꾸짖어주시기 바랍니다. 한 사람이 가야 할 하나의 길도 알고 싶습니다. 온통 길이라 쓰고 나니 머리가 하얗게 물들어갑니다. 목이 움츠러드니 석양 아래 서는 일이 고질이 되었습니다. 한 사람이 가야 할 하나의 길, 누추한 누각마저 부수어야 하는지 간절히 배움을 청합니다. 갖추지 못합니다.

신[靴]에게 고함

　그대는 위험한 사물, 모든 흔적의 나룻배. 그대가 말
할 수 있다면 세상에 비밀은 없다. 사람들이 더러 그대
를 가슴에 묻고 어둠의 장막으로 사라지는 이유도 그대
의 눈을 가리기 위함이다. 그대를 가지런히 놓아두고 피
안으로 떠나는 이유도 아마 그 근처일 것이다. 그대의 표
정, 그대의 침묵이 두렵다. 그러나 그대여 잊지 말라. 진
창이 나의 길이고 그대의 길이었다. 우리가 다정히 혹은
다투며 걸어온 길 끝에 그대와 내가 어느 결별 앞에 섰
을 때 벌어진 침묵으로 모든 것을 잊어주기 바란다. 나
는 여전히 진창 위에 서 있다. 그리고 걸을 것이다. 는개
와 진눈깨비와 우박과 천둥이 치는 길에서 서로를 몸처
럼 아끼던 날들이 있었다. 아아 나는 여전히 진창 위에
서 있다.

꿈의 잔도(棧道)

바람이 분다

눈이 쌓인다

투명한 세계로 가기 위해 기다리는 중이다

팔만대장경 같은 세계

거듭 암흑을 뚫고 가는

침묵의 세계

쌓인 눈이 빛난다

꿈의 잔도를 걸어간다

위태롭다

머리맡의 책들이

꿈의 절벽으로 쏟아져 내린다

문자들의 아우성,

마땅히 고향에서 죽어야 할 것이나

나는 나의 죽음을 모른다

가슴에 안고 연주하는 모든 악기가 가슴이 되듯

죽음을 가슴에 안은 나는 죽음인가 죽엄인가

유형(流刑)의 땅에 다시

바람이 불고

눈이 쌓일 때
팔만대장경 같은 세계에
잠시 배를 정박하고
휘파람을 분다
허공에 부서지는 소리의 세계는 여전히 아름답다

타악(打樂)의 슬픔

너는 가고
나는 앉아서 드럼을 두드렸다
정확히 12시 30분
비가 시작되었다
타악(打樂)의 슬픔이란
소리가 재로 변한다는 것
선이 깊은 쌍꺼풀
중성적이면서도 여성이 깊던 목소리
그 소리의 뼈들
내가 생각하는 너다
모든 것이 무너져 내려
아프던 사람
사람이 죽으면
서녘을 가로질러 어느 별에서 다시 태어나는지
아픔을 잊은 별에서
흰죽 한 그릇을 나누어 먹고 싶다
초여름 저녁 나선 길
낯선 마을

어느 처마 밑에서 비를 피하는가
마중 가고 싶은 밤이다
헤비메탈의 천둥소리가 번쩍일 때
너는 왔다 다시 사라진다

해안가 당구 클럽

지중해 해안가 당구 클럽
세계 당구 대회가 열렸다
모두 나비넥타이를 매고 심각한 표정으로
경기에 임할 때
후줄근한 남방을 입고
경기를 관장하는 나이 먹은 심판 한 사람이 있었다
크게 상관할 바 없다는 듯
잘해보라는 듯
멀찍이 떨어져 경기를 즐겼다
마른 몸에 깊은 눈을 가진 그이는
철학자처럼 굴러가는 당구알을 지켜보고 있었다
경기 중에 더러 세계 최고의 선수들이
그에게 눈을 맞추고 슬쩍 목례를 건넸다
그는 그럴 때마다 신경 쓰지 말고 계속 하라는 듯
 팔짱 낀 한 손을 내밀고 어깨를 슬쩍 들썩여주곤 하였
다
 묘한 조율,
 그는 경기를 지배하고 있었다

신(神)이 세계를 지배하는 방법도 이와 같지 않을까
하나하나 모두 말해주고 싶어 하는
신의 대리자는 한심하다
옆에 서 있으면 된다
비키니 차림의 여자들은 해가 지는 해안가를 천천히
걸어가고
신의 눈은 점점 깊어져 갔다.

가을날의 빨래

빨래를 한다
가을날이다
그늘에 앉아서도
너무 맑다
빨래란
치대면서 별별 생각을 다 하는 일
우린 그때 슬펐나
물에 빨래를 헹군다
조금만 더, 아니
빨래를 들어 허공에 털어본다
생각이 우수수 떨어진다
추석이 가까운데 아버지는 어디쯤 오시나
그때 우리는 슬펐나
모든 말은 거품처럼 사라지고
빨래란 지독한 명상에 가깝다
아내는 지금쯤 몽골의 사막을 지나고 있을까
쌍봉낙타를 타고 챙이 커다란 모자를 쓰고 휘파람을
불 때

한 손 위에 다른 한 손을 얹고 빨래를 문지른다

이 지극한 자세로

가을에 도착했을 때

신(神)도 나를 빨려고 무진 애를 쓰고 있는 것을 보았다

1등을 하다

초파일 전 어느 날
잘 아는 암자,
스님의 상좌로부터
아름다운 문자 하나를 받았다
작년에 50등을 했는데
올해는 100등을 하고 싶다는
이 아름다운 문자를 받아들고 종교란 무릇 이런 것이
라 생각했다
더 낮은 등수로 가고 싶다는 욕망
참 맑다
그러다 이런 등수는 누가 매기나 생각도 해보았다
무슨 종단인가? 아닐 것이다
종단이란 1등을 지향하지 않겠는가?
논에 물을 받으면서 들판은 아연
생명의 흔적으로 자욱했다
참 부처님께서 좋은 날 태어나셨구나
아래로의 욕망 100등을 돕고 싶어 어떻게 해야 하는
지 묻다가

등이 등불이라는 것을 알았다
슬며시 웃음이 나왔다
한국의 종단들이 1등을 지향했으면 좋겠다는 생각도
했다
나머지 등은 마음에 가난한 사람들의 마음에
매달아 주고
1등을 매달고 벙긋벙긋 웃으며,

이방인

일찍이 해륙풍의 혁명가 김산은 말했다
죽음은 패배가 아니다
독한 술 한 잔
이 세계의 모든 밤이 싸늘하게 식어갈 때
담배 연기가 자욱하게 실내를 떠돌 때
숨을 깊게 들이쉬고
다시 한번 생각한다
죽음은 패배가 아니다
별어곡 즈음에서 뜨는 별
서서히 마음이 가라앉는다
어떠한 죽음도 이 계곡을 빠져나가지는 못한다
심장으로 들어오는 불빛
조금씩 열리는 계곡
눈의 지평으로는 가늠할 수 없는
쑥 빠져나간
날이 선 단검 한 자루
눈으로 볼 수 없는 여자를 그리는 일처럼
손수건이 바람에 펄럭일 때

나는 나에게 흔들리는 필체의 엽서를 한 장 건넨다
칼날을 움켜쥔 손에서 흐르는 피처럼
선명하고 낯선 선언
패배는 죽음에 다다르고 있다

얌전한 사람

한겨울 돼지 다리를 잘라 소금에 절여 정주간에 걸어
놓고 베어 먹던 원주 시절. 겨울날 저녁 불 때는 연기가
산 아랫마을로 내려가고 오래된 사람들처럼 수염을 달고
술을 마시면 산짐승이 어슬렁대다가 돌아갔다. 어떻게
건너왔을까? 노린내가 진동하는 너구리를 삶아 절절 끓
는 방에서 눈을 희번덕이며 굵은 소금에 찍어 서로의 입
에 넣어주던 거칠고 부드럽던 시간. 얌전한 사람이 되어
가는 것이 서럽다. 눈이 수북수북 쌓이던 저녁나절 바라
보던 앞산처럼 의젓하게 또 한 해를 맞고 낯선 이방의 땅
에서 먼 곳을 그리워하나 보다.

안개는 힘이 세다

안갯속에서,
사회주의 옹호자가 나온다
조금 있다가 자본주의자가 나온다
안갯속에는 많은 주의자들이 산다
안갯속에서
사회주의자인 체하는 자본주의자가 걸어 나온다
교회주의자인 체하는 완전 자본주의자가 걸어 나온다
안개가 걷히면 자본주의자만 남았다
그게 뭐 대수냐고 누군가 중얼댔다
나는 자본주의는 힘이 세냐고 물었다
자본주의자들은 슬그머니 안갯속으로 사라졌다
눈이 쏟아지고 앞을 볼 수 없었다
눈도 자본으로 만들 수 있다고 안갯속에서 히덕거리는
소리가 들렸다
안개는 고맙다

4부

헐렁한 사랑

사리자여
오늘은 눈이 펑펑 내려 발등을 적신다
저녁 일곱 시 즈음
당신은 가없는 말씀을 들었을 것이다
정월 초닷새
도서관에 앉아 당신을 생각한다
어쩌면 말[言]이 윤회의 근원인지도 모른다
있고 없음으로 이어지는
보이지 않는 영원의 끈
사리자여
사방이 허공이다
침묵, 아무것도 없다는 것 때문에 울지 않는다
허공의 사다리를 걸으며
괜찮은 날들이었다 생각한다
도처에 주검이 널려 있었지만
노랫소리도 그치지 않았고
허무를 데킬라처럼 마셔댔다
손등의 소금을 핥듯 서로의 성기를 핥아주며

더 깊은 밤이 오기를 기다렸다
금강산 보덕암의 철주는 내 인생의 기표였다
아슬아슬함, 인민공화국의 부처는 잘 계시는가
금강이라고 발음하면 모든 것들이 단단해진다
사리자여
당신이 좋다
당신의 헐렁한 몸과 옷차림이 좋다
헐렁한 사랑
그런데 사랑
당신의 공명이 좋다
모든 말은 당신 속에 들어가 다시 울려 나온다
있는 것도 없고 없는 것도 없다는 말은
사리자여
당신의 몸에 이르러 완전한 물음이 된다
정말 그러합니까
사리자여
나는 몸이 아파 눈 속 주막에서 잠시 쉬어갑니다
사리자여

찬바람이 불 때도 우리는 여전히 여기 있겠지요 총총

바빌론 강가의 아침

새벽 거리에 나와 인사를 건넸다
모든 것은 완벽했고 그대로였으며
술에 취한 몇몇 사람들이
생각과 사물을 다른 곳으로 옮기려고
애를 쓰다가 돌아갔다
아무것도 옮기지 못했지만 아무것도 하지 않은 것은
아니다
혼자 대지의 기운을 빌어 읊조렸지만 신은 듣지 않는
눈치였다
당연히 여전한 세상,
흘러내린 이어폰을 다시 귀에 꼽고 보니엠을 듣는다
햇살이 내리쬐는 자메이카를 떠올리며 선글라스를 낀
다
세상은 더 어두워졌다
보니엠의 노래를 들으며 나는 오래전 바빌론의 포로가
되어
이곳에 끌려왔다고 생각했다
아내와 아이들은 식민(植民)의 흔적이라는 생각도 했다

이 낯선 땅에서 어떤 노래를 불러야 하나

이 눈물을 어디에 뿌려야 하나

강가에 도착했을 해는 다시 떠올랐고

시온으로 가는 티켓은 할인된 가격으로 여기저기 나뒹굴고 있었다

천국의 나날

천국의 나날을 사는 동안
신은 늘 너무 먼 곳에 있었다
황량한 마을 공한지에 핀 낡은 꽃잎처럼
마음이 엷어질 때
마리아를 불렀다.
마리아 당신의 등에서
어떤 외로움이 낸 물길을 바라본다
마리아 내 성기는 이미 사타구니에 붙어버렸다
천국의 나날을 사는 동안
불행의 구름들은 늘 나를 조준하였지만
당신 등에 기댄 내 얼굴은
행복했었다고 고백하겠다
어떤 서원(誓願)도 내가 당신의 과거를 생각하는 일보다
위대하지는 않다
당신의 윤기 흐르는 머리칼을 생각하는 일보다
깊은 심연은 없다
지금, 여기
내 발에 고인 먼지를 당신의 머리칼로 닦아준다

영원히 깨지지 않는 항아리를 등에 지고
당신이 허리를 숙인다
죽으면 안 되는 것들은 지상엔 없다
당신의 허리에서 솟아 나온 하나의 목소리
천국의 나날들이 지겨워질 때
까마귀 한 마리가 들판을 건너간다
세상에 나보다 더 아픈 건 없다
세상에 나보다 더 아픈 건 없다

마리아를 위한 변명 – 시론

마리아

당신은 내 유일한 저쪽이다

모래바람이 당신의 한쪽 얼굴을 쓸고 갈 때

태양은 당신의 방향으로 기울고 있다

맑고 찬 우물에 충충히 번지는 양의 핏물처럼

광야의 밤이 찾아온다

짐승의 울음소리가 떠도는 밤이다

태초에 있었던 당신

마리아라고 부를 때마다 쌓여가는 그리움의 두께를

느낀다

가까스로 살아

당신을 배경으로 오래전 인화된 사진처럼 낡아간다는

사실은

어떤 위로와도 견줄 수 없다

견딜 수 없는 외로움이 있다는 사실도 적어둔다

마리아

서리 내리는 가을 새벽처럼

우리가 좀 더 추운 곳에서 종말을 맞이해야 하는 것은

아닌지 의심스럽다

　물을 긷는 사내가 되어 어떤 골목길에서 당신을 만나
는 꿈을 꾼다

　조심스레 길을 비킨다

　찰랑대는 물통에서 몇 방울의 맑은 물이 당신의 옷자
락으로 떨어진다

　내가 당신과 동행하는 서툰 방식이다

　당신과 내가 눈 내리는 사막을 걸어 어느 베두인의 집
에 이르면

　호롱불 아래 수많은 문자들이 울고 있을 것이다

　거기서 십 리 즈음이면 나의 노래도 멎을 것이다

　마리아,

원주 성당

원주 성당 앞
눈이 내리고
온데간데없는 사람들
성모를 향해
성 예수를 향해 쏟아붓던 기원들은
흩어져
또 흩어져
눈은 내리고
무딘 뿔을 단 사내가 공손히 뿔을 바닥에 내려놓고
모자를 벗는다
먼 죽음이 이곳에 도달했을 때의 자세처럼
기울어진 각도
기울어진 각도에서 쏟아져 나오는
사람과 생각들
텅 빈 몸에 눈이 내린다
쌓인다
등신의 좌대처럼
미동도 없이 앉아서 고백하겠다

아무것도 없습니다
무딘 뿔이 점점 청동의 오래된 무기가 되어
마음 사방을 가두는
겨울날의 원주 성당

안빈낙도를 폐하며

사람에 의지하지 마라
이제 오십이 넘었으니
안빈의 도와 같은 것도 필요 없다
안(安)도 그러하지만 빈(貧)도 모두 하찮다
당연히 그러할 것이니
자연으로 돌아갈 필요는 더욱 없다
고물상과 폐차장이 널려 있으면 어떠한가
걸어서 물에 도달하면 좋겠지만
아스팔트를 뚫고 핀 들꽃 한 송이면
또 어떠한가
내 몸은
나도 잘 모르는 문명의 회로이다
한 손에는 파리채
한 손에는 담배를 꼬나물고
날것들이나 물리치면서 시를 생각하는 일
하루에 두 줄 정도 쓰는 일
사람에 의지하지 마라
눈곱 낀 눈으로

먼 태풍을 응시하다가
생각이 부산해질 때
발바닥에 무늬를 새겨 넣을 뿐
그 족적(足跡)의 힘으로 천 리도 가고 만 리도 갈 뿐

자연(自然)은 그렇다

미물들에게 늘 이렇게 말했다
그게 자연(自然)이야
파리채를 탁 쳐대며
이렇게 돌아가는 거야
그게 자연(自然)이야
타인에게도 늘 그러했다
받아들여 자연(自然)이야
그렇게 돌아가는 거야
그런데 그 자연(自然)이 나에게는
왜 이토록 부자연(不自然)스러운가
위선인가
그 사이,
그의 자연(自然)과 나의 부자연(不自然) 그 사이,
이 부자연(不自然)이 자연(自然)에 굴복할 때
우리는 한세상이 끝났다고 말한다
그때 여기는 내 자리가 아니다

남자의 일생

정확한 시선

발정

사후(事後) 냉담

다시 불이 되어 온 산을 태우고 자신도 소진해버리는,

봄바람이 분다

술상을 둘러엎고

다시 바닥을 핥던

비루의 골목길에서

집을 찾아가는 적수공권의 일생이 있다

불면의 쾌락

불면은 내가 나를 베고 잠든 시간
불면은 잠든 나를 쳐다보는 나
잠,
늪으로 한없이 걸어야 하는 수행
무언가 나를
절간의 목어처럼 두드리고 있다
잠과 비(非) 잠 사이를 오가는 리듬 소리
소속 불허,
구걸로 점철된 몽환의 떠돌이로 하얀 바다에 이른다
더러 외할머니 같은 반가운 사람을 만나
화투를 치며 낄낄대다 지낼 만하시냐고 묻다가 화면이
꺼지면
할머니하고 소리를 치다가
또다시 어두운 길을 걷는다
밤이여 어둠이여 짝사랑이여
문득 나는 꺼지지 않는 불의 신도였나 생각한다
사막의 제단에서
꾸벅꾸벅 졸다가 불의 잔을 모래밭으로 집어던진다

모래 유전(油田)으로 불은 번져가고

신(神)도 잃고 잠도 잃고

모든 것을 벗어버리고 차라리 죄인으로 벌을 받아야지

당연하다고 생각하며 고향의 수양버들 같은 것이나 생
각할 즈음

죽음 같은 잠이 손을 내민다

사랑스러운 죽음이여,

소름

한여름의 목욕탕
몇 안 되는 피곤한 사내들
목까지 물에 담그고 눈을 감고 있을 때
묘한 음역의 소리가 목욕탕에 흐르고 있다는 것을 알
았다
밀교(密敎)의 주문 같기도 한
건조하면서도 간절한 소리였다
몽골의 초원에서 들었던 소리와도 유사했다
그 소리는
내 영혼을 자꾸 이곳이 아닌 이방의 쓸쓸함으로 끌고
갔다
아마 환청이겠지 생각도 들었다
겨우 힘을 내 돌아보니
한구석에 두 사내가 쭈그리고 있었다
머리가 성성(星星)한 사내가
완전히 백발인 노인의 온몸을 구석구석 닦아주고 있
었다
머리가 성성(星星)한 사내의 손이 지날 때마다

완전한 백발인 노인의 입에서 소리가 흘러나왔다

혼곤한 속에서도 그 소리는 점점 뚜렷이 들리기 시작
했다

안 돼요, 추워요, 옷을 입어야 해요, 옷을 입어야 해요

완전한 백발인 노인의 뼈만 남은 시선은 뿌연 수증기
를 넘어

먼 허공을 응시한 채 복화술사처럼 읊조리고 있었다

발가벗은 사람들 속에서

한 사람만 온전하게 자신의 문제를 정확히 알고 있었
다

실존의 어느 역에 정차했을 때

뜨거운 물속에 앉아서도 온몸에 소름이 돋아 올랐다

닻

참 많은 문신을 보았지만
문신이란
오직 닻 하나
하급선원으로 떠돌았을 사내의 팔뚝에 겨우 매달린
그것,
끝내 정주할 수 없다는 예감으로 문신은 희미해진다
불 꺼진 항구에 수없이 닻을 내렸을 테지만
닳아빠진 그것을 슬그머니 건져 올리는 새벽
남쪽의 별들은 사내의 등을 내려다본다
닻 위에 별을 하나 그려놓아도 좋겠지만
그것은 지고지순이 아니다
저 지고지순은 언제쯤 희미해지는가
다 닳은 지고지순을 안고 한평생을 살아야 하는가
항구에 배를 맬 때
별의 슬픔과 닻의 슬픔이
슬픔을 참아가며
희미하게 미소 짓는,
지고이네르 지고지순

지고이네르의 지고지순
닻

잔(盞)

내가 끝내 달려갔던 곳은
의식의 해방
해져 닳아빠진 맨살
술이여
오늘 이 한잔이여
나는 패배를 모른다
안장도 없이 말갈기를 붙잡고
질주할 뿐
영원, 이런 단어를 생각한다
그러므로 어떤 패배가 있다면
영원 너머이다
그래서
오늘 다시,
한 잔이다

당신과의 거리

한겨울 사회주의 운동사를 읽다가 당신과의 거리를 생각합니다. 어떠한 운동이나 현실도 꿈을 억압할 수 없다는데 나의 생각은 도착해 있습니다. 나의 꿈은 당신에게 가는 것. 당신에게로 가는 것. 지나고 나니 모든 것들이 당신에게로 가는 풍경이었습니다. 당신에게로 가는 길은 참으로 힘들다는 사실도 알게 되었습니다. 이제 당신을 기다리기로 할까요? 겨울밤입니다. 생각을 거리로 내몰아 신념과는 다른 의식의 방랑자로 만들었다는 자책을 합니다. 문밖에서 떨고 있는 생각은 늘 불안의 촉수를 품고 있습니다. 보이지 않는 것을 한없이 믿고 싶습니다. 당신도 그러합니다.

당신과의 거리는 늘 제자리입니다.

겨울날의 모든 저녁은 슬프다

지옥을 유예하는 꿈을 꾸었다
원한다면 다음 생애를 이어가며
지옥을 영원히 유예할 수 있다는 꿈
다행이다 싶으면서도
영원 너머 한 번은 그곳에 가야 한다는
괴로움에 몸을 떨었다
지상의 소시민이
이렇듯 큰 생각을 하며
지옥 아래 마을을 떠돈다는 사실이
조금은 쓸쓸했다
추운 겨울 저녁
들기름 바른 김을
숯불에 굽던
옛집으로 돌아가
솜이불을 뒤집어쓰고 눕고 싶다
오한 속에서 만나는
지옥의 야차(夜叉)와 일대의 싸움을 끝내고
오랜 잠을 자고 싶다

겨울날의 모든 저녁은 슬프다
봉당에 켜진 알전구처럼
겨울날의 모든 저녁이 나를 기다렸다

동결(凍結)의 북쪽에서 유여(有餘)한 봄빛으로

이숭원(문학평론가)

1. 방랑자의 울림

여기 천지간을 떠도는 외로운 영혼이 있다. 매서운 바람에 살을 맞대고 서슬 옆에 발을 모은 채 그나마 수렁에 빠지는 춘사(椿事)는 피하기 위해 잠시 개울가에 몸을 앉힌 쓰라린 유랑자가 있다. 지나온 삶의 내력은 양의 내장처럼 굽이치는데, 나아갈 길은 안개에 싸여 한 발 앞도 보이지 않는다. 오라는 곳은 없으나 먹이를 찾는 표범처럼 어디론가 가야 할 슬픈 운명을 짊어진 존재다. 8년 전 우대식 시인의 세 번째 시집 『설산 국경』(문예중앙, 2013. 1.)에 설정된 화자의 모습이다. 그는 시집 첫머리에 서시에 해당하는 「시(詩)」를 실었는데 그 격한 문장의 울림을 잊을 수 없다.

시는 나를 일찍 떠난 어머니였으며

왜소했던 아버지의 그림자였으며

쓸쓸한 내 성기를 쓰다듬어주던 늙은 창녀였으며

머리에 흐르던 고름을 짜주던 시골 보건소 선생이었다

시는

마당가에 날리는 재[灰]였으며

길을 잃고 강물 따라 흐르는 밀짚모자였다

폭풍 전야, 풀을 뜯는 개였으며

탱자나무 가시 아래 모인 새이기도 하였다

늘 피가 모자라 어지러워하던

한 소년이 주먹을 힘껏 모았다 펴면

가늘게 떨리는 정맥

그곳에 시가 파랗게 질려 있었다

− 「시(詩)」 전문

　피할 수 없었던 가난과 슬픔의 가족사가 싸락눈처럼 흩날린다. 시인이 여러 편의 시에 고백했듯 어머니는 일찍 세상을 떠났고 아버지가 혼자 아들을 돌봤으며, 몸에 병이 나면 보건소 신세를 졌고 속이 비어 머리가 어지러우면 맹물로 배를 채웠다. 시는 그런 아픔의 틈을 뚫고 솟아나 그에게 다가왔다. 가난과 슬픔에서 벗어나려면 장쾌한 그 무엇에 매달려야 옳을 터인데 어찌하여 세상에 쓰이지 못할 시라는 물건을 택하게 되었는가. 마당에 날리는 재와 같고 바람에 떠도는 밀짚모자 같은 무용지물의 존재, 폭풍이 다가오는데 풀이나 뜯어먹는 비루먹은 개의 형상이 시가 아니던가? 도대체 시가 무엇이기에 그는 시에 매달리게 된 것인가? 시는 빈혈의 어지러움 속에 그를 지탱하던 파란 정맥의 이미지로 다가왔다. 현기증에서 벗어나기 위해 "주먹을 힘껏 모았다 펴면" 가늘게 살아나던 파란 정맥이 그를 일으킨 힘이라고 생각하는 것인데 그렇게 그가 붙잡을 수 있고 기댈 수 있는 마지막 안간힘의 단서가 시라고 생각한 것이다.

이것은 이번 시집의 한 작품에도 유사한 이미지로 등장한다. 「묘족 마을에서」에 나오는 소녀의 여린 손에 비친 "파아란 힘줄"의 이미지다. 중국 요령성 지역을 여행하다가 묘족 어린아이가 국수를 먹는 모습을 보았다. 조그마한 왼손으로 국수 그릇을 받치고 그릇에 입을 대고 오른손으로 국수를 떠 넣을 때 그릇을 받친 왼손에 가늘고 파란 힘줄이 돋아난 것을 본 것이다. 이 장면을 시인은 세상에서 가장 아름다운 모습이라고 생각한다. 그것은 보이지 않고 잠재되어 있다가 예기치 않게 드러난 생명의 양태이기 때문이다. 시인은 이 잠재된 생명의 저력이 시라고 생각한다. 표면적으로는 바람에 날리는 재 같고 밀짚모자 같지만, 어느 순간 현기증으로 쓰러지는 그를 지탱케 했던 가는 정맥의 힘, 그것이 시라고 생각한다. 이것은 그의 가슴 깊은 곳에 자리 잡은, 그러나 한 번도 제대로 감지하지 못

한 어머니의 모습이자 왜소한 몸으로 밥을 지어 도시락을
싸 주던 아버지의 형상에 연결된다. 평생 적수공권으로 비
루하게 천지를 떠돌아도 결코 잊을 수 없고 놓칠 수 없는
생명의 끈이요 저력이 시인 것이다.

아버지가 쌀을 씻는다
쌀 속에 검은 쌀벌레 바구미가 떴다
어미 잃은 것들은 저렇듯 죽음에 가깝다
맑은 물에 몇 번이고 씻다 보면
쌀뜨물도 맑아진다
석유곤로 위에서 냄비가 부르르 부르르 떨고 나면
흰 쌀밥이 된다
아버지는 밥을 푼다
꾹꾹 눌러 도시락을 싼다
빛나는 밥 알갱이를 보며 나는 몇 번이나 눈물을 흘렸다
죽어도 잊지는 않으리
털이 숭숭 난 손으로 씻던
그,
하, 얀,
쌀

ㅡ「아버지의 쌀」전문

『설산 국경』에 들어 있는 작품이다. 왜소한 아버지가 쌀

을 씻어 밥을 짓고 도시락을 싸 주는 장면이다. 묵은쌀이라 쌀을 씻으면 검은 쌀벌레 바구미가 떠오른다. 어미 없는 아이는 떠오르는 쌀벌레의 모습에서도 어미 잃은 슬픔을 본다. 아버지는 쌀뜨물이 맑아질 때까지 정성을 다해 쌀을 씻는다. 어미 없는 아이라는 말을 듣지 않도록 모든 일에 최선을 다했던 것이다. 냄비에 물이 끓고 밥이 다 된 것을 시인은 굳이 "흰 쌀밥이 된다"고 했다. 아버지의 정성을 나타내기 위함이다. 밥을 퍼 도시락에 담는 것도 "꾹 꾹 눌러 도시락을 싼다"고 했다. "털이 숭숭 난 손으로 씻던/그,/하, 얀,/쌀"을 결코 잊을 수 없다. "몇 번이나 눈물을 흘렸다"고 했다. 그것도 모자라 "죽어도 잊지는 않으리"라고 했다. 한 치의 가감이 없는 진심일 것이다. 그 마음에서 시가 나왔고 그 마음이 곧 시이기에 그는 시를 택했고 시를 버릴 수 없다. 죽어도 잊지 못할 아버지의 마음이 시를 쓰게 한 동력이다. 현실적 활용 능력은 없었을지 몰라도 어미 잃은 쌀벌레 같은 그를 살게 하고 지탱해 준 힘은 아주 뚜렷했다. 그는 그 마음 때문에 산 것이요 시 때문에 산 것이다. 시가 없었으면 이 마음을 어떻게 표현할 수 있었겠는가. 시가 있기에 "죽어도 잊지는 않으리"라는 문장이 의젓이 자리를 잡을 수 있었다.

2. 시의 변화와 그 동인(動因)

119

자못 처절 비감했던『설산 국경』의 어조는 8년의 세월이 흐르면서 적지 않게 가라앉아 안정을 찾았다. 시의 문맥을 빌려 말하면 귀가 순해지는 이순(耳順)의 날에 가까워오며 변화가 일어난 것이다. 이번 시집 첫머리에도「시(詩)」가 놓였는데, 그 시를 보면 앞의「시(詩)」와의 차이를 알 수 있다.

음악 아닌 것으로 음악 하기
나인 것을 나 아닌 척하기
가을날 듣는 만가(輓歌)
겨울날 곁불을 옆에 두고 옹송거리며 마시는 낮술
사람은 거리를 두고 그림자 사랑하기
집 떠난 모든 이들의 이름을 불러보기
그리워하다가 다시는 생각하지 않기
집 떠난 모든 이들의 이름을 다시 불러보기
악다구니로 떼쓰며 울다가 아무 보는 이 없을 때는
슬그머니 일어나 옷 털기
꾀죄죄한 민낯으로 설산(雪山)에 대적하기
눈이 멀어도 먼 것을 모르고 형형색색 달콤하게 이야기하기
신을 실컷 조롱하다가 그 발아래 한없이 통곡하기
영원한 것이 있나요

이런 물음으로 모든 것을 탕진한 나그네처럼
우물가에 오래 앉아 있기
아주 오래도록 허공을 응시하다가 저 푸른 한 점으로
쑥 들어가기

－「시(詩)」 전문

일독만 해도 앞의 처절하던 기운이 처연한 수준으로 정리되어 있음을 보게 된다. 마음의 평정에 도달하려는 긍정의 시선이 여러 곳에 모습을 드러낸다. 만가(輓歌)에 몸을 떨지 않고 그냥 들을 뿐이고 그래도 곁불을 피워 놓고 낮술을 마신다고 했다. 처절한 유랑과 스산한 고립에서 일정한 거리를 두고 있다. 그래서인지 사람과 거리를 두지만 그의 그림자를 사랑한다고 했다. 사람과 거리를 두는 고립의 자세를 취하기는 하지만 그의 그림자를 사랑한다고 했으니 소통의 가능성은 열어 놓은 것이다. 여기서 더 나아가 "집 떠난 모든 이들의 이름을 불러"본다고 했다. 집 떠난 어느 한 사람이 아니라 모든 이들의 이름을 부르는 것으로 외연이 확대되고 마음 크기가 넓어졌고, 그 사람들의 이름을 '다시' 불러볼 정도로 적극적인 상태가 되었다. "악다구니로 떼쓰며 울"기도 하지만 보는 이 없으면 슬그머니 일어나 옷을 털고 "꾀죄죄한 민낯으로 설산(雪山)"을 바라보기도 한다. 그만큼 마음의 여유가 생긴 것이다.

한때는 영원을 추구하다가 이제는 포기하고 우물가에

121

앉은 나그네처럼 "아주 오래도록 허공을 응시하다가 저 푸른 한 점으로/쑥 들어가기"가 자신의 할 일이라고 이야기한다. 이제는 안주와 정착을 염두에 두는 것이다. '푸른 한 점'으로 들어가겠다고 한 것은 큰 변화다. "바람의 후레자식"(「유서」)으로 자처하며 '외롭게 늙어가는 고아'의 삶을 내세웠던 8년 전의 태도에 비하면 푸른 한 점으로 쑥 들어가는 것이 현재의 창작 행위라고 말하는 것은 놀라운 변화다.

이 변화의 요인은 여러 가지가 있겠지만 그의 내면에 도사리고 있는 "죽어도 잊지는 않으리"라는 심경, 그의 심정적 뿌리에 대한 확인에서 온 것으로 보인다. 이와 관련하여 살필 수 있는 두 작품이 「마지막 명」과 「발광의 주파수」다. 「마지막 명」은 연산군의 일화를 배경에 깔고 있다. 연산군은 궁궐에서 개를 키웠는데 어느 날 신하들에게 말하기를 "강아지가 자기 어미를 무는 미친개에게 달려들어 어미를 구출하는 것을 보았는데, 강아지가 망령되어서 그리하는 것인가, 아니면 정이 있어서 그런 것인가" 하고 물었다고 한다. 「연산군일기」의 이 기사를 축으로 시인은 연산군의 포악이 모친의 억울함을 풀기 위해 세상의 미친개를 물어뜯으려는 데서 나온 도발적 행위라고 해석했다. 이러한 시인의 의식은 "풀숲을 앞서 걷던 강아지가 어미 개를 돌아볼 때의 그 눈빛"에 집약되어 있다. 시인이 이러한 상상을 한 것은 앞에서 본 대로 그의 존재의 기원인 모성에 대한 관심 때문이다. 「마지막 명」은 연산군이라는 특수한 사례를 소재로 삼았지만 「발광의 주파수」는 김홍도의 그림을 소재로 한 것이어서 공감의 친근성이 있다.

　단원의 그림 모구양자도(母狗養子圖)를 보다가 눈이 흐려졌다. 어미와 강아지의 눈. 이 그림은 다 지우고 세 개의 눈만 남겨놓아도 좋으리. 어미의 눈은 파철지광(破鐵之光)의 그것이었다. 사람들은 자꾸 인자한 눈빛이라 하는데 내 눈에는 미친 듯한 나선형의 발광으로 보였다. 어린 새끼의 눈이 순진무구라는 것은 동의하겠다. 그러나 어린 새끼를 향한 당당한 미침, 뻗침, 어떤 도발이 어미의 눈동자에 돌고 있었다. 오로지 하나의 생명만을 향한 인자함이 낭자하게 고여 있었다. 생명이 간혹 잔인하도록 모진 이유도 이 눈빛 언저리 어딘가에 있을 것이다. 발광의 주파수가 희미해질 때 우리는 고아가 된다.

－「발광의 주파수」 전문

　김홍도의 '모구양자도'는 강아지 두 마리와 그것을 지켜보는 어미 개의 모습을 그린 그림이다. 그림 상단 오른쪽에 화제(畵題)가 있고, 그 아래에 어미 개가 새끼 두 마리를 지켜보는 모습이 정면으로 그려져 있고, 그 아래에 두 마리 강아지가 노는 모습이 배치되어 있다. 어미 개는 전체적으로 연한 검은색이고 강아지 한 마리는 머리와 등에만 검은 무늬가 있고 또 한 마리는 전체적으로 흰빛이다.

색깔의 분포로 볼 때 전형적인 잡종 개임을 알 수 있다. 검은 무늬 강아지는 측면이 그려져 있어서 눈이 한쪽만 보이고 흰빛 강아지는 뒷모습만 나와 있어서 눈이 보이지 않는다. 시에 "세 개의 눈"이라고 한 것은 바로 이것을 말한 것이다.

화제(畵題)의 글귀는 "會得箇中意 飜成獅子吼"로 되어 있다. 이것은 선사들의 계송에 흔히 나오는 구절로 "이 안에 담긴 뜻을 알면 그것이 곧 사자후가 되리라"는 뜻이다. 평범한 그림인 것 같지만 굉장한 뜻이 담겨 있다는 말이다. 우대식 시인은 이 문구와는 관련 없이 주체적으로 그림을 관찰하고 의미를 해석했다. 어미 개가 자애로운 눈빛으로 새끼를 바라본다는 설명에는 동의하기 어렵다고 했다. 이런 것을 가지고 김홍도가 '사자후'란 표현을 쓰지는 않았을 것이다. 위의 시에 나온 대로 '강철을 뚫는 빛(破鐵之光)', 그것을 찾아내야 사자후에 버금가는 발견이라 할 것이다. 시인은 어미 개의 눈빛을 "미친 듯한 나선형의 발광", "어떤 도발"이라는 말로 표현했다.

이 그림을 자세히 보면 어미 개의 눈은 검은 얼굴 가운데 크고 둥글게 보여서 예사로운 모습이 아님을 알 수 있다. 자애로운 어미의 눈빛이라고 본 것은 우리의 선입견에 사로잡힌 착시였다. 실상은 새끼만을 지극히 아끼고 어떤 잡물도 범접하지 못하게 하려는 무서운 결의가 담겨 있는 것이다. 이것이 모성의 담력이요 생명의 힘이다. 이 모질고

사나운 힘이 지구 생명의 역사 30억 년 동안 생명체를 지켜 온 동력이다. 우대식 시인은 이러한 동력의 발견에 그치지 않고 그 빛이 사라질 때 생명체는 고아가 된다는 섭리까지 발견하여 결국 고아로 살 수밖에 없는 우리의 운명까지 통찰했다. 시인은 지금 고아의 처지에서 한때 파철지광(破鐵之光)의 눈으로 자신을 지켜보았을 부모의 모습을 떠올리고 있다. 그리고 자신도 어느덧 그러한 눈빛으로 자식을 지켜보아야 할 처지에 있음을 확인하게 된 것이다. '털이 숭숭 난 손으로 쌀을 씻던' 아버지의 모습이 자신의 모습이 되자 의식의 변화가 일어났다. 이것은 시의 정서적 변화로 이어진다.

3. 유여한 봄빛, 혹은 마리아의 눈빛

동결(凍結)의 칩거를 꿈꾸거나 무작정의 유랑을 꿈꾸는 의식은 겨울의 추위를 찾는 태도로 표현된다. 그것은 시련을 자발적으로 선택하여 고통에 몸을 던지는 태도다. 「내 안의 겨울 삼동(三冬)을 찾아서」에서 화자는 여름날에도 겨울을 찾아 헤맨다고 썼다. 무지가 병이 되어 모든 것을 상실하고 강한 눈보라에 자신을 파묻고 허름한 방에 눕는 장면을 떠올린다. 거기서 만나는 환영은 진부 골짜기 허름한 방에 불쑥 들어서는 "반갑지도 슬프지도 않은 사내의

형상"이다. 그것은 초라한 아버지의 모습이자 현재 자신의
모습이다. 그 초라한 동결을 '겨울 삼동'으로 표현한 것이
다. 그는 고립된 골방에서 "봄으로 가는 모든 회로를 끊은
채 하늘 높이 눈이 쌓여가는 삼동(三冬) 아래 잠들 것"이라
고 했다. 그러나 다음 시에 오면 사정이 달라지고 화자의
마음에 변화가 일어나는 것을 발견할 수 있다.

개구리도 겨울잠에 들고
싸락눈이 내리는 밤
마쓰오 바쇼.
이런 날은 늘 바람이 창호 문을 두드렸지
화로에 술을 데우도록 하지
낡은 신발은 방 안 머리맡에 놓아두도록 하지
왜 마음이란
천리만리 달아나는 것인지
조금은 뜨거운 술을 천천히 내장에 붓고
매화나 동백 같은 꽃을 기다리기로 하지
아니면
꽃의 북쪽으로 달아날까
신음처럼 그대가 내게 물을 때
절망의 심줄을 활시위처럼 당겨
심장 가장 먼 뒤쪽으로 모든 생각을 모으곤 하지
마쓰오 바쇼.

조금 추워도 되겠지

유여한 봄빛이 마루 구석 쌀통에 넘칠 즈음이면

안개와 연기는 강줄기를 따라 무진무진 흐르겠지

그대와 나도

이쯤에서 안녕이지

연기를 좋아하는 나와 안개를 좋아하는 당신

바람이 올 때까지만 지상에 기대기로 하지

이쯤에서 안녕이지

-「꽃의 북쪽」 전문

화자는 일본의 떠돌이 하이쿠 시인 마쓰오 바쇼를 호명하며 자신의 심정을 표명한다. 계절은 싸락눈이 내리는 겨울이다. 겨울의 복판에서 화자는 "화로에 술을 데우도록 하지"라고 말한다. 추의를 녹일 따끈한 술을 마시겠다는 뜻이다. "낡은 신발은 방안 머리맡에 놓아두도록 하지"라고 했으니 유랑도 잠시 유예한다. 여기서 더 나아가 "조금은 뜨거운 술을 천천히 내장에 붓고/매화나 동백 같은 꽃을 기다리기로 하지"라고 말한다. 겨울의 추위를 더운 술로 달래며 봄을 알리는 꽃을 기다린다는 내용은 그의 시에 별로 보이지 않던 요소다. 이러한 안주(安住)의 권유를 물리치고, "꽃의 북쪽으로 달아날까"라고, "신음처럼 그대가 내게" 묻는다. 이에 대해 화자는 "절망의 심줄을 활시위처럼 당겨/심장 가장 먼 뒤쪽으로 모든 생각을 모으곤 하지"라고 응대한다. 이것은 절망을 넘어서서 봄을 맞을 준비를 하겠다는 은근한 마음의 표시다. 그러니 떠돌이 시인 바쇼에게 "조금 추워도 되겠지"라고 말할 마음의 여유도 생긴다.

그렇게 눅눅해진 마음의 양지에서 "유여한 봄빛이 마루 구석 쌀통에 넘칠 즈음이면/안개와 연기는 강줄기를 따라 무진무진 흐르겠지"라는 봄을 맞는 기대감이 우러난다. 유여한 봄빛이 쌀통에 넘친다는 양명한 표현은 그의 시에 좀처럼 나오지 않던 구절이다. 안개와 연기가 강줄기를 따라 무진무진 흐르는 장엄한 봄빛의 향연을 그의 시에서 언제 본 적이 있었던가. 그는 이제 겨울의 칩거를 넘어서서 개명한 봄의 언덕으로 나아갈 준비가 된 것이다. "이쯤에서 안녕이지"라는 인사는 유랑의 시인 바쇼와의 작별이자 삼동의 방랑으로부터도 이별한다는 뜻으로 읽힌다. 이러한 변화는 앞에서 말한 대로 그가 아버지의 자리에 이르렀기 때문이다. 비록 왜소하고 초라하기는 하지만 파철지광(破鐵之光)의 눈빛으로 자식을 응시하는 부모의 지점에 선 것이다.

아버지의 자리에 섰지만 생명의 근원이자 창작의 근원이었던 부재하는 어머니, 쌀 씻어 밥 짓던 아버지의 형상이 사라진 것은 아니다. 죽어도 잊지 않겠다고 한 그 두 요소가 그의 뇌리에서 사라질 수는 없다. 그 두 형상은 '마리아'라는 아이콘으로 대치되었다. 모성(母性)의 대치물로 가

톨릭의 상징 마리아가 자리 잡는다. 신은 너무 멀리 있으니, 자애롭고 친근한 마리아에게 마음을 드러낼 수 있다. 「천국의 나날」에서 "마리아 내 성기는 이미 사타구니에 붙어버렸다"고 고백할 정도로 마리아는 자신의 약점과 치부를 다 드러내도 좋은 존재다. 당신 등에 자신의 얼굴을 기댈 때 행복했다고 말한다. 우대식의 시에서 접하기 어려웠던 단어 '행복'이 마리아 시편에 등장한다. 마리아는 머리칼을 들어 올려 나의 발에 고인 먼지를 닦아주고, 영원히 깨지지 않는 항아리를 등에 지고 와 허리를 숙이고 나에게 생수를 건넨다. 이런 축복은 없다.

> 마리아
> 당신은 내 유일한 저쪽이다
> 모래바람이 당신의 한쪽 얼굴을 쓸고 갈 때
> 태양은 당신의 방향으로 기울고 있다
> 맑고 찬 우물에 충충히 번지는 양의 핏물처럼
> 광야의 밤이 찾아온다
> 짐승의 울음소리가 떠도는 밤이다
> 태초에 있었던 당신
> 마리아라고 부를 때마다 쌓여가는 그리움의 두께를 느낀다
> 가까스로 살아
> 당신을 배경으로 오래전 인화된 사진처럼 낡아간다는 사

실은

어떤 위로와도 견줄 수 없다

견딜 수 없는 외로움이 있다는 사실도 적어둔다

마리아

서리 내리는 가을 새벽처럼

우리가 좀 더 추운 곳에서 종말을 맞이해야 하는 것은
아닌지 의심스럽다

물을 긷는 사내가 되어 어떤 골목길에서 당신을 만나는
꿈을 꾼다

조심스레 길을 비킨다

찰랑대는 물통에서 몇 방울의 맑은 물이 당신의 옷자락
으로 떨어진다

내가 당신과 동행하는 서툰 방식이다

당신과 내가 눈 내리는 사막을 걸어 어느 베두인의 집에
이르면

호롱불 아래 수많은 문자들이 울고 있을 것이다

거기서 십 리 즈음이면 나의 노래도 멎을 것이다

마리아,

-「마리아를 위한 변명-시론」 전문

모성의 분신으로서의 마리아는 내가 의지할 수 있는 유
일한 귀의소다. 모래바람이 불어도 태양은 당신 쪽으로 기
운다. 마리아는 향일(向日)의 처소에 있다. 거친 들판에 음

130

울한 밤이 오고 짐승의 울음소리가 떠돌아도 마리아라는 호명만으로도 온화한 위안이 된다. 마리아에 의지하여 삶이 영위되고 잔상(殘像)처럼 남은 의지로 그대를 향해 나아갈 수 있다는 것은 무엇과도 바꿀 수 없는 축복이다. 당신이 내게 항아리의 생수를 건넨 것처럼 나도 "물을 긷는 사내가 되어" 어떤 골목길에서 당신을 기다린다. 그 기다림은 "견딜 수 없는 외로움"을 얹어주기도 하지만, 긴 기다림 끝에 당신이 다가오면 조심스레 물을 건네는 행복을 안겨준다. 그때 "찰랑대는 물통에서 몇 방울의 맑은 물이 당신의 옷자락으로 떨어진다". 남이 보기에는 서툴러 보여도 이것이 당신과 내가 만날 수 있는 최선의 방식이다. 이렇게 해서 내가 당신과 동행할 수 있는 것이다.

다시 "눈 내리는 사막" 마지막 고초의 길을 걸어 어느 베두인 마을 한 집에 이르면 거기 "호롱불 아래 수많은 문자들이 울고 있을 것"이라고 했다. 울음 우는 문자들은 방황을 끝내고자 하는 안타까운 호소의 말이다. 구원을 기다리는 애소의 몸짓이라고 해도 좋다. 마리아는 거기서도 수많은 사람들의 울음을 달래줄 것이다. 그런 기적의 장면을 보고 한 십 리쯤 더 가면 "나의 노래도 멎을 것"이라고 했다. 그의 노래의 근원은 어머니의 눈빛이요 아버지의 손길인데 노래가 멎는다는 것은 그 마약 같은 갈증으로부터의 해방을 뜻한다. 마리아와의 동행으로 울음이 사라지게 되었으니 노래도 멎을 것이라는 상상을 할 만하다. 구원의

표상으로 마리아를 설정하여 고통으로부터의 해방을 염원
해 보는 것이다.

4. 존재의 동력으로서의 시

그러나 과연 노래가 멎는 일이 일어날 수 있을까? 그는
「꿈의 잔도(棧道)」에서 "투명한 세계로 가기 위해 기다리는
중"이라고 했다. 울음과 노래의 아우성이 사라진 투명한
탈속의 세계로의 이탈을 바라는 것이다. 꿈의 잔도를 걸어
가지만 책에 담긴 문자들이 아우성을 치고 가슴의 소리가
허공에 부서지는 세계가 여전히 아름답다고 여긴다. 말하
자면 울음과 노래가 담긴 문자의 세계를 완전히 이탈하지
못하는 상태다. 그의 삶의 출처이자 동력인 시는 도저히
버릴 수 없다. 괴로움에 빠진 그는 "한 사람이 가야할 하
나의 길도 알고 싶습니다"(「탁(託), 제이월당기(第二月堂記)」)
라고 탄원한다. 그 하나의 길에 시 짓는 일이 포함되는지,
울음과 노래의 표현이 가능한지 알고 싶어 한다. 진정한
답을 얻으려면 또다시 모든 것과 단절된 고립의 자리가 필
요하다. 위리안치(圍籬安置)의 고립이.

오늘날에도 유배라는 것이 있어
어느 먼 섬에 위리안치(圍籬安置)되는 형벌을 받았으면 좋

겠네

컴퓨터도 없고 핸드폰도 **빼앗겨**

누구에겐가 온 편지를 읽고 또 읽고

지난 신문 한 쪼가리도 아껴 읽으며

탱자나무 울타리 속에 웅크리고 앉아 먼바다의 불빛을
오래 바라보고 싶네

마른반찬을 보내 달라고 집에 편지를 쓰고

살뜰한 마음으로 아이들의 교육을 걱정하며

기약 없는 사랑에 대해 논(論)을 쓰겠네

서슬 위에 발을 대고 살면서

이 먼 위리와 안치에 대해 슬픈 변명을 쓰겠네

마음을 주저앉히고

서로 다른 신념을 지켜보는 갸륵함을 염원하다 보면

염전의 새벽에 어둑한 불이 들어오겠네

바닷가의 수척한 노동과 버려진 자의 곤고함을 배우다

문득 얼굴에 새겨진 주홍글씨를 물속에서 발견하면

삼박 사일을 목 놓아 울겠네

며칠 말미를 낸 그대가 온다면

밥을 끓이고 대나무 낚시를 하며 서로의 글을 핥고 빨겠
네

글이란 무섭고도 간절하여 가시나무를 뚫고

천둥처럼 울릴 것이라 믿고

그대의 글을 읽다가

온통 피로 멍울진 내 혓바닥을 보겠네

유배의 길에 떨어져 흩어진 몸을 살뜰히 아껴보겠네

―「유배(流配)」전문

  추사 김정희처럼 먼 섬에 유배되어 울타리 밖으로 나가지 못하는 형을 받는다면 고립의 처소가 마련될 것이다. 그는 마치 추사 김정희가 된 듯 탱자나무 울타리 속에서 먼 바다의 불빛을 오래 바라보기도 하고, 마른반찬을 보내달라든가 아이들의 교육을 걱정하는 내용의 편지를 집으로 보내거나 기약 없는 논변의 글을 쓰기도 한다. 제법 인생의 도리를 살펴 "서로 다른 신념을 지켜보는 갸륵함"을 글로 쓸 수 있다면 위리안치에 놓인 선비로서 그럴 듯한 일이다. 섬사람들의 노동의 삶을 배우고 "버려진 자의 곤고함"을 배우는 것도 가치 있는 일이다.

  그러나 그것으로 외로움을 이겨낼 수는 없다. 그는 자신과 울음과 노래를 나눌 그대가 오기를 기다린다. "며칠 말미를 낸 그대가 온다면"이라고 기다림의 상황을 강조했다. 가장 기다리는 대상이기에 그렇게 표현한 것이다. 글 쓰는 선비, 즉 시인을 기다린 것이다. 그와 함께 시간을 보내며 "서로의 글을 핥고 빨겠네"라고 했다. "밥을 끓이고 대나무 낚시를 하"는 일상의 일은 아무것도 아니다. 그의 염원은 시에 있다. "글이란 무섭고도 간절하여 가시나무를 뚫고/천둥처럼 울릴 것이라 믿"기 때문이다. 그렇게 그대의 글을 핥고 빨았기에 혓바닥은 "온통 피로 멍울진" 상태가 된다. 그러나 그것은 시인의 운명이니 누구를 탓하고 원망할 수가 없다. 천형의 숙명이라고 해야 옳다. "유배의 길에 떨어져 흩어진 몸을 살뜰히 아껴보"는 일이 자신의 몫이 될 뿐이다. 그는 그렇게 시인의 길을 갈 수밖에 없다. 마리아가 구원의 대상이 되어도 시를 버릴 수는 없는 것. 마리아는 모성의 표상이고 시는 존재의 근원이다.

그러면 우리는, 또 시인은 무엇으로 살 것인가. 마리아가 남겨 놓은 구원의 손길, 시가 남겨 놓은 절대 본원의 흔적, 그 두 갈래의 족적을 더듬으며 앞길을 걸을 수밖에 없다. 「잔상(殘像)」에서 시인은 빈 들판의 어느 지점에서 생각에 잠긴다. 우리는 무엇으로 사는가? 이런저런 체험의 축적 속에 "누군가 남겨놓은 잔상(殘像)", 우리는 모두 그 잔상의 힘으로 사는 것 아니냐고 시인은 질문한다. 이것은 매우 중요한 발견이다. 「안빈낙도를 폐하며」에서 다시 시인은 말한다. 사람도 자연도 안빈의 도(道)도 하찮아졌으니 세속의 처소에 머물자고. 그저 "눈곱 낀 눈으로/먼 태풍을 응시하다가/생각이 부산해"지면 발바닥에 무늬나 새겨 넣자고. 그 발바닥에 새긴 "족적(足跡)의 힘으로 천 리도 가고 만 리도 가"는 것이 인생이라고 말한다.

그렇다. 우리는 '땅 위의 진창'(「시인의 말」)에서 삶의 체험이 누적된 잔상, 자취, 흔적의 힘으로 살아간다. 그 잔상, 자취, 흔적이 시 창조의 동력이 되고 폭풍을 이기는 저력이 된다. 김수영은 「사랑의 변주곡」에서 말했다. "내가 묻혀 사는 사랑의 위대한 도시에 비하면" 인간의 신념이나 거대한 도시 같은 것들은 '개미'에 불과하다고. 우리의 삶은 잔상의 누적이요 족적의 어울림이다. 눈에 잘 보이지도 않는 이 밑바닥의 힘으로 우리는 지금까지 살아왔고 앞으로 천 리 만 리를 걸어간다. 글과 소리의 울림인 시가 그 잔상들을 계속 불러낼 것이다. 시인 우대식도 이 잔상의 힘에 기대어 아프고 처연한 시 59편을 썼다. 그 족적이 힘이 되어 우리가 또 앞으로 나아갈 것이다.

시인수첩 시인선 050

베두인의 물방울

ⓒ 우대식, 2021

초판 1쇄 인쇄 2021년 9월 17일
초판 1쇄 발행 2021년 9월 30일

지은이 | 우대식
발행인 | 이인철

펴낸곳 | (주)여우난골
주　소 | 서울특별시 강남구 언주로30길 27. 606호 (도곡동 우성리빙텔)
전　화 | 02-572-9898
팩　스 | 0504-981-9898
등　록 | 2020년 11월 19일 제2020-000328호

블로그 | blog.naver.com/seenote
이메일 | seenote@naver.com

ISBN 979-11-973577-8-7 03810

이 도서는 한국출판문화산업진흥원 '2021년 우수출판콘텐츠 제작 지원' 사업
선정작입니다.

* 파본은 구매처에서 바꾸어 드립니다.